Regulus

By Antoine de Saint-Exupéry

SOUTHERN MAIL

NIGHT FLIGHT

WIND, SAND AND STARS

FLIGHT TO ARRAS

LETTER TO A HOSTAGE

THE LITTLE PRINCE

THE WISDOM OF THE SANDS

WARTIME WRITINGS 1939–1944

AIRMAN'S ODYSSEY

Advenas volucres alio commigrantes ei evolandi
facultatem dedisse suspicor.

Regulus

ANTONIUS A SANCTO EXUPERIO

SCRIPSIT ET IPSE PICTURIS ORNAVIT

QUI LIBER *LE PETIT PRINCE* INSCRIBITUR AB
AUGUSTO HAURY IN LATINUM CONVERSUS

A HARVEST BOOK
HARCOURT, INC.
Orlando Austin New York San Diego London

A first edition of this Latin translation by Augusto Haury
was published in 1961 by Fernand Hazan (Paris)

First Harvest edition 1985

www.HarcourtBooks.com

Library of Congress Cataloging-in-Publication Data
Saint-Exupéry, Antoine de, 1900–1944.
[Petit prince. Latin.]
Regulus, vel, Pueri soli sapiunt/Antoine de Saint-Exupéry.
p. cm.
I. Title: Regulus. II. Title: Pueri soli sapiunt. III. Title.
PZ90.L3S2518 2001
843'.912—dc21 00-13001
ISBN 978-0-15-601404-5

E G I K L J H F

Manufactured in China

The illustrations in this book were done in pen and watercolor
on Fidelity Onion Skin and Macadam Bond papers.
The text type was set in Goudy Oldstyle by
R&S Book Composition, La Mesa, California.
Color separations by Bright Arts Ltd., Hong Kong
Manufactured by South China Printing Company, Ltd., China
Production supervision by Sandra Grebenar and Pascha Gerlinger
Designed by Judythe Sieck

ANTONIUS LEONI WERTH S.

Pueros oro ut mihi ignoscant quod librum hunc ad adultum hominem inscripserim. Hanc probabilem excusationem habeo, quod adultus ille homo mihi unus omnium amicissimus est. Secundam excusationem habeo, quod adultus ille homo eo ingenio est ut omnia intellegat, etiam ea quae puerorum causa scripta sunt. Jam vero tertiam excusationem habeo, quod adultus ille homo in Gallia habitat, ubi et esurit et alget. Itaque consolatione magnopere eget. Quod si omnes hae excusationes non satis valebunt, morem eis geram et librum hunc ad puerum illum inscribam ex quo ad hanc aetatem adolevit. Omnes enim qui adoleverunt puerili primum aetate fuerunt (sed pauci recordantur). Quae igitur inscripsi sic corrigo:

ANTONIUS LEONI WERTH
PUERITIAE MEMORI MEMOR S.

Regulus

I

QUODAM DIE, cum sex annos natus essem, imaginem praeclare pictam in libro de silva quae integra dicitur vidi; qui liber inscribebatur: «Narratiunculae a vita ductae.» Picta erat boa serpens beluam exsorbens. Quam imaginem sic expressam vides.

Haec autem in libro scripta erant: «Boae serpentes praedas integras exsorbent nec mandunt. Deinde se movere non possunt et sex menses dormiunt dum pastus concoquunt.»

Tum ego de eis quae in dumetis ac paludibus illis casu fiunt multum mecum cogitavi et ipse perfeci ut miniatula cerula aliquid pingerem. Primae quidem illius meae picturae species haec erat:

Quod opus summo artificio factum adultis hominibus exhibui et quaesivi num pictura mea terrerentur.

At illi mihi responderunt: «Quid est cur petasus terrorem injiciat?» Atqui non petasum pinxeram sed boam serpentem elephantum concoquentem. Tum interiora boae serpentis descripsi, ut adulti homines intellegere possent: nam explanationes semper requirunt. Alterius vero picturae species haec erat:

Monuerunt me adulti homines ut boas serpentes apertas opertasque describere omitterem ac potius geographiae et historiae et mathematicae et grammaticae operam darem. Hoc modo praeclaram spem in pingendo positam sex annos natus reliqui, fractus animo quod et prima et altera pictura offenderant. Adulti homines nihil unquam per se intellegunt, molestum autem pueris est eis res etiam atque etiam planas facere.

Aliam igitur artem necessario elegi et volucres machinas regere didici. Hac illac toto terrarum orbe volavi ac geographia, fateor, mihi multum profuit. Nam primo adspectu Sinarum fines ab Arizona discernere poteram; quod perutile est, si nocte de via declinaveris.

Sic in vita cum permultis gravibus viris persaepe congressus sum. Inter adultos homines multum versatus sum et eos ex proximo loco vidi. Non idcirco nimio melius de eis existimavi.

Quotiens enim aliquis eorum mihi nonnullius mentis compos esse videbatur, experiebar eum adhibita prima illa pictura quam semper servavi. Scire volebam num animo vere integro ac libero esset. Ille autem mihi semper respondebat: «Iste petasus est.» Tum ego cum eo nec de bois serpentibus nec de silvis integris nec de stellis loquebar, sed, quo facilius intellegeret, de chartulis (quam pontis lusionem vocant), de pila Scotica, de re publica focalibusque loquebar. Ille autem multum gaudebat se cum tam sano viro consuetudinem jungere.

II

SIC AETATEM SOLUS egi nec quisquam praesto fuit quocum vere colloquerer usque eo quoad his sex annis in Garamantum solitudine destitutus jacui. Fractum erat aliquid in compagibus illis quae machinam movebant. Cum autem nec artificem nec peregrinatores ullos mecum veherem, ita me paravi ut solus id summa arte reficere conarer. Res quidem difficilis erat, sed in discrimen vitae adductus eram. Tantum enim aquae habebam quantum ad potum octo dierum satis esset.

Primo igitur vespere in arena stratus obdormivi loco mille milia passuum ab omni culta terra remoto ac multo desertiore in solitudine quam qui medio Oceano naufragi rate vehuntur. Proinde finge quam obstupuerim, cum illucescente die mira quaedam vocula me de somno excitavit alicujus dicentis:

REGULUS. — Quaeso, pinge nobis ovem!

ANTONIUS. — Quid!

REG. — Pinge ovem…

Ita exsilui adstitique quasi fulmine ictus essem, cumque oculos perfricuissem et sedulo intendissem, puerulum

omnino singularem conspexi me cum gravitate contu-
entem. Haec omnium imaginum ejus quas postea pinxi
summa similitudine expressa est, sed nimirum imago haec
multo minus venusta est quam ipse, non mea culpa, sed
adultorum hominum, a quibus sex annos natus ab arte
pingendi deterritus nihil aliud nisi boas opertas aper-
tasque pingere didiceram.

Visum igitur illud dilatatis propter admirationem
oculis ac rotundis intuitus sum. Noli enim oblivisci me in
finibus versari qui mille milia passuum ab omni culta regione abessent. Puerulus autem hic nec de via deductus
neque itineris labore confectus nec fame sitive enectus nec
metu exanimatus esse videbatur. Puero cuivis media in
solitudine erranti locis mille milia passuum ab omni culta
regione distantibus nequaquam similis erat. Tandem diu
conisus locutus sum.

A. — At... quid tibi hic negotii est?

Tum ille rursus valde submissa voce quasi de re
gravissima:

REG. — Quaeso, inquit, pinge ovem...

Quotiescumque obscuritate rerum quadam homines
nimis commoventur, quae imperantur recusare reformi-
dant. Itaque quamvis absurda illa mihi viderentur qui
mille milia passuum ab omnibus cultis locis abessem et in
summo periculo versarer, chartam stilumque de sinu
prompsi. Cum autem id temporis meminissem me geo-
graphiam et historiam et mathematicam et grammaticam
imprimis dedicisse et puerulo stomachosius me pingendi
artem nescire dixissem, tum ille:

REG. — Nihil ad rem, inquit; pinge ovem.

4

*Haec omnium imaginum ejus quas postea pinxi summa
similitudine expressa est.*

Ego vero, utpote qui ovem nunquam pinxissem, alteram ex eis formis quas solas describere poteram ejus causa denuo descripsi, formam videlicet opertae boae. Obstupui nimirum cum puerulum sic respondentem audivi:

REG. — Amove istud! Elephantum in boa conditum nolo. Boa gravissima pestis est, elephantus autem maximum impedimentum. Domi meae omnia perparva sunt. Ove mihi opus est. Pinge ovem.

Ego vero pinxi; quam postquam attente inspexit.

REG. — Amove! Ista jam gravissime aegrotat. Fac aliam.

Cum iterum pinxissem, amicus blande clementerque arrisit:

REG. — Vides profecto… non ovem esse sed arietem: cornua habet.

Imaginem igitur hanc rursus expressi. Quae, sicut priores, repudiata est.

REG. — Haec aetate nimis provecta est. Ovem volo quae diu vivat.

Tum ego, qui moras graviter ferrem—nihil enim mihi antiquius erat quam ut compages illas machinam moventes dissolvere inciperem—imagine hac exarata verba haec contorsi:

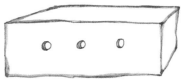

A. — Haec arca est; ovis quam vis intus est.

6

Equidem valde admiratus sum quod teneri judicis vultum ad hilaritatem traduci viderem.

REG. — Ita prorsus est ut eam volebam. Magnane vi pabuli huic ovi opus esse putas?

A. — Quare istud?

REG. — Quia domi meae omnia perparva sunt.

A. — Profecto istic satis erit. Nam tibi perparvam ovem dedi.

At ille, demisso in descriptam formam capite:

REG. — Non adeo parvam! Ecce tibi obdormivit...

Sic ego cum regulo consuetudinem junxi.

III

TEMPUS MULTUM INTERCESSIT priusquam intellegerem unde veniret. Regulus enim, ut ex me multa percontabatur, sic percontantem me audire non videbatur. Vocibus fortuito missis omnia paulatim comperi.

Velut cum primum volucrem machinam meam conspexit (quam machinam non describam; forma enim ejus adeo multiplex est ut eam describere non possim):

REG. — Quidnam rei hoc est?

A. — Haec non res est—volat enim—sed volucris quaedam, mea volucris machina.

Et superbia efferebar dum eum me volare doceo. Exclamavit ille:

REG. — Quid! De caelo delapsus es?

Cui ego summisse:

A. — Ita est, inquam.

REG. — Eia! jocosum quidem hoc est...

Cachinnumque bellissimum regulus edidit, quem ego acerbissime tuli. Cupio enim quidquid mali mihi acciderit grave existimari. Deinde ille:

REG. — Isto modo tu quoque de caelo venis? In qua stella erranti natus es?

Extemplo caligo illa tanta, quae quaerenti mihi cur hic adesset officiebat, aliquantum discussa est ac repente interrogavi:

A. — Ergo tu de stella alia venis?

Ille autem non respondit: nam leniter renuens machinam meam intuebatur.

REG. — Enimvero ista non e valde longinquis locis advehi potuisti.

Continuo cogitationibus quasi semisomni se diu tradidit. Deinde pictam a me ovem de sinu prompsit ac tanquam thesaurum contemplari cupidissime coepit.

FINGE QUANTA EXSPECTATIONE illud me moverit quod ore semiaperto de «stellis aliis» enuntiare inceperat. Plura igitur cognoscere conatus sum.

A. — Unde venis, puerule? Quae est ista domus tua? Aut quo ovem meam asportare vis?

Ille haec secum silentio cogitata respondit:

REG. — Commode arcam dedisti: nocte ea tanquam tecto utetur.

A. — Profecto, inquam; quin etiam, si te festivum geres, funem dabo quo eam die religes sudemque.

Quae eum offendere visa sunt.

REG. — Ego eam religem! O rem ineptam!

A. — At enim si eam non religabis, quolibet ibit aberrabitque...

Hic amicus meus iterum cachinnavit.

REG. — At quo eam ituram putas?

A. — Quolibet. Protinus.

Tum ille graviter:

REG. — Nihil refert, inquit; omnia domi meae adeo parva sunt!

Addiditque cum aliqua fortasse tristitia:

REG. — Qui protinus pergit, ei non longissime ire licet...

IV

SIC REM ALTERAM maximi momenti didiceram: stella in qua ortus erat domo vix major erat!

Quod quidem mihi admirationem magnam movere non poterat. Nam certo sciebam praeter majores stellas, ut Terra, Juppiter, Mars, Venus, quibus nomina data sint, sescentas esse ex quibus quaedam adeo parvae sint ut aegerrime adhibito telescopo cernantur. Quare ubi astrologus aliquam reperit, non nomine sed numero eam notat appellatque, verbi causa, stellulam ter millesimam ducentesimam quinquagesimam primam.

Gravi de causa existimo eam unde regulus venerit stellulam sescentesimam duodecimam

secundi generis esse. Quae stellula anno millesimo nongentesimo nono a Turca astrologo adhibito telescopo semel conspecta est.

Tempore illo coram astrologis undique congressis se stellulam repperisse multis verbis disseruerat, sed nemo ei propter vestem fidem tribuerat. Haec est illa adulta aetas!

Quod ad famam stellulae sescentesimae duodecimae secundi generis attinet, percommode accidit quod dictator quidam Turcarum imperavit ac capite sanxit ut cives sui sibi Europaea vestimenta induerent. Astrologus anno millesimo nongentesimo vicesimo eadem iterum disseruit lautissima veste indutus. Tum vero omnes ei adsensi sunt.

Adultorum hominum causa tibi de stellula sescentesima duodecima secundi generis singula enarravi ac quota esset secreto dixi. Nam adulta aetas numeris gaudet. Quotiescumque cum eis de novo amico loqueris, quae plurimi sunt, ea ex te nunquam quaerunt. Nunquam dicunt: «Qualis est vocis ejus sonus? Quibus lusionibus

Regulus in stellula sescentesima duodecima secundi generis insistit.

praecipue delectatur? Colligerene papiliones solet?» Sed haec quaerunt: «Quot annos natus est? Quot fratres habet? Quam gravi corpore est? Quid pater ejus meretur?» Tum demum eum novisse sibi videntur. Sin autem eis dixeris: «Pulchram domum vidi roseis lateribus exstructam, cujus in fenestris gerania et in tecto columbae erant...» domum istam cogitatione sibi fingere nequaquam possunt. Eis dicere oportet: «Domum quingenorum sestertium vidi.» Tum vero exclamant: «Quam lauta est!»

Eodem modo si eis dixeris: «Idcirco regulum illum fuisse aio quod et venustissimus erat et ridebat et ovem volebat. Qui ovem vult, eum esse necesse est.» Umeros jactabunt et te puerili ingenio esse dicent. Sin eis dixeris: «Haec unde ille venerat stellula sescentesima duodecima secundi generis est» tum sibi persuasum habebunt ita esse et te sciscitando vexare desinent. Scilicet ita se habent. Quare pueros adultis hominibus non suscensere sed maximam lenitatem adhibere decet.

Verumenimvero ipsi, qui quid sit vivere intellegimus, numeros non flocci facimus. Juvisset me narrationem hanc tanquam fabulam fictam incipere; juvisset scribere:

«Fuit quondam regulus qui stellam paulo majorem quam ipse incolebat et amico egebat...» Qui quid sit vivere intellegunt, haec eis multo veriora esse viderentur.

Offendit enim me si quis librum meum tanquam nugatorium legit. Adeo acerba mihi est illarum rerum narratio. Sex jam anni sunt cum amicus meus cum ove sua discessit. Idcirco hic eum describere conor ne ejus obliviscar. Neque omnes amicum habuerunt et forsitan adultorum hominum similis fiam qui jam nihil nisi numeros curant. Ergo etiam hac de causa pyxidem pigmentorum graphidasque emi. Arduum est, qua aetate sum, picturam repetere, qui nullam aliam formam quam boae opertae ac boae apertae describere conatus sim, sex annos natus! Conabor equidem imagines ipsius quam simillimas exprimere, sed non satis exploratum habeo id mihi prospere processurum esse. Picta enim forma haec convenit, illa dissimilis est. In statura quoque paulum erro. Hic regulus major, illic minor est. De colore quoque vestis ejus dubito. Itaque modo haec, modo illa tempto, utcumque successura sunt. In rebus denique specie minoribus, reapse majoribus errabo. Quibus in rebus mihi ignoscendum est. Nam amicus meus nihil unquam explanabat. Me fortasse sui similem esse arbitrabatur. At ego miser oves per parietes arcarum dispicere nescio. Fortasse mihi cum adultis hominibus nonnulla similitudo est. Nescio an consenuerim.

V

QUOTIDIE ALIQUA DE stella illa, de profectione, de itinere cognoscebam. Ea minutatim manabant, prout sermo ferebat. Sic tertio die de adansoniis atrocissima audivi.

Quam occasionem ovis denuo dedit; nam repente regulus me interrogavit, quasi de re gravi dubitaret.

REG. — Nempe id verum est, oves arbusculis vesci?

A. — Ita est ut dicis.

REG. — Sane gaudeo!

Non intellexi cur tanti esset oves arbusculis vesci. Ille porro:

REG. — Ergo andansoniis quoque vescuntur?

Regulum monui ut animadverteret adansonias non arbusculas esse, sed arbores templis nostris altitudine pares:

etiamsi gregem totum elephantorum secum asportaret, gregem illum non unam adansoniam consumpturum esse.

Grex elephantorum regulo risum movit:

REG. — Alii in alios imponendi sunt, inquit...

Sed prudenter haec admonuit:

REG. — Adansoniae priusquam se altius tollant humiles esse incipiunt.

A. — Recte dicis! Sed cur oves humilibus adansoniis vesci vis?

REG. — Quid! Sapisne?

Haec mihi responderat quasi de re perspicua ageretur. Mihi vero omnes nervos mentis contendere opus fuit ut ipse per me illud intellegerem.

Namque in stella reguli, ut in stellis ceteris, utiles et inutiles herbae erant, ergo et utilia utilium herbarum et inutilia inutilium herbarum semina. Latent autem semina et in terra penitus occultata dormiunt, quoad alicui eorum expergisci libeat. Tum vero se pandit et surculum lepidum et imbellem ad solem proferre incipit. Qui surculus si raphani rosaeve est, ei ut libet crescere licet. Sin inutilis herba est, evellenda herba illa est simul atque eam agnoveris. Atqui terribilia semina in stella reguli erant, scilicet semina adansoniarum. Stellae humus eis refertissima erat. Ab adansonia autem, si nimis moratus sis, stellam tuam nulla jam ratione purges. Quam totam et obsidet et radicibus perfodit. Ac si stella nimis parva est et adansoniae nimis multae, eam dirumpunt.

Postea regulus mihi haec dixit: «Res in disciplina quadam sita est. Mane postquam te exornaveris, stella ipsa sedulo exornanda est. In hoc constanter incumbendum est ut adansonias evellas ubi primum eas a rosis discreveris, quibus simillimae sunt cum tenerrimae sunt. Perodiosus quidem labor est, sed facillimus.»

Itaque me quodam die hortatus est ut operam darem si quid summa arte pingere possem, ut haec animis puerorum qui domi meae essent penitus inculcarem. «Si quando peregrinabuntur, inquiebat, id eis fortasse proderit. Nullum damnum nonnunquam facit qui id quod agendum est in aliud tempus differt. Contra, quotiescumque de adansoniis agitur, in magnam cladem semper incurrit. Stellam novi a pigro quodam cultam. Qui tres arbusculas neglexerat...»

Atque ego, a regulo edoctus, stellam illam descripsi. Mihi parum placet eorum oratione uti qui virtutem ceteros docent. Sed quod ab adansoniis periculum sit quantumque malum ei impendeat qui de via declinans in stellulam incidat tam pauci sciunt, ut verecundia hac semel abjecta dicam: «Pueri! Cavete adansonias!» Ut amicos meos quantum jampridem ad periculum inscii, ut ipse, proxime accessissent admonerem, idcirco in picturam hanc tantum incubui. Operae quidem pretium erat ea de re praeceptum dare. Fortasse quaeres: «Quare non alia in libro hoc aeque magnifice atque adansoniae picta sunt?» Simplex sane ratio est. Conatus equidem sum, sed ea tam egregie exprimere non potui. Ubi adansonias pingebam, animus urgentis mali opinione incitabatur.

VI

O REGULE! SIC sensim intellexi quam tristem aetatulam degeres. Cui nulla alia oblectatio diu fuerat nisi suaves illi solis occidentis conspectus. Hoc novi... quarto die mane didici, cum mihi dixisti:

REG. — Solis occasus me multum delectant. Ad solem occidentem spectandum eamus.

A. — At exspectare oportet...

REG. — Quid exspectare?

A. — Exspectare dum sol occidit.

Primum mihi multum admirari visus es, deinde tete risisti dixistique:

REG. — Mihi domi meae etiamnunc videbar esse!

16

Adansoniae.

Jure quidem. Nam cum in Civitatibus Foederatis meridies est, in Gallia sol occidit: id omnes noverunt. Si temporis puncto in Galliam ire posses, ad solis occasum spectandum satis mature adesses. Incommode accidit quod Gallia nimis longe abest. Tibi autem in parva stella tua satis erat sellam tuam paucos passus loco movere. Ita extremam lucem quoties cupiebas spectabas…

REG. — Quodam die solem occidentem quadragies ter vidi.

Et paulo post haec addidisti:

REG. — Cum tantopere maereas, solis occasus nimirum jucundi sunt…

A. — Igitur adeo maerebas quo die quadragies ter?
At regulus nihil respondit.

VII

QUINTO DIE, OCCASIONE ut solebat ab ove oblata, id quod de vita sua me celaverat patefactum est. Nam verbo nullo prius habito, quasi quod secum tacitus diu cogitavisset ederet, me repente interrogavit.

REG. — Ovis si arbusculis vescitur, item floribus vescitur?

A. — Ovis eis vescitur quaecumque ei obvia fiunt.

REG. — Etiam floribus qui spinas habent?

A. — Ita est: etiam floribus qui spinas habent.

REG. — Atqui spinae quid prosunt?

Nesciebam. Ceterum id temporis animo intentissimo experiebar ut cnodacem in ipsis machinae nervis nimis haerentem elicerem. Vehementer me sollicitabat, quod et ex illis tanquam salebris aegerrime evasurus esse videbar et, aqua ad bibendum fere epota, ultimum periculum imminebat.

REG. — Spinae quid prosunt?

Nam regulus quod semel quaesierat nunquam omittebat. Ego vero cnodaci iratus quidvis respondi:

A. — Spinae nihil prosunt: germanam quandam improbitatem florum indicant.

Ille primum «Di boni!» exclamavit, deinde, postquam paulisper conticuit, haec in me quasi suscenseret contorsit:

REG. — Ne tu fidem non facis. Nam flores corporibus infirmi sunt et animis imprudentes. Se contra metum quoquomodo possunt defendunt et spinis terribiles esse arbitrantur.

Ad ea nihil respondi. Nam puncto temporis eodem haec mecum: «Si cnodax iste etiam haerebit, eum malleo exturbabo.» Regulus me haec mecum cogitantem interpellavit:

REG. — Igitur tu flores existimas…

A. — Immo vero ego nihil existimo! Quidvis respondi. Ego gravibus in rebus occupatus sum.

Obstupefactus me adspexit.

REG. — Tu gravibus in rebus!

Me interea malleum manu tenentem et, inquinatis axungia atra digitis demissoque capite, in aliquid incumbentem videbat quod ei deformissimum esse videbatur.

REG. — Ita loqueris quemadmodum adulti homines.

Quae cum dixisset, paulum erubui; at ille ferreus:

REG. — Confundis omnia… omnia misces! inquit.

Vehementissime quidem suscensebat et capillum auro simillimum ad auram jactabat:

REG. — Stella novi quam vir amplissimus ore rubicundiore incolit. Florem nunquam olfecit. Stellam nunquam spectavit. Neminem unquam amavit. Nihil unquam aliud nisi summas fecit. Porro toto die eadem quae tu dictitat: «Ego vir gravis sum! Ego vir gravis sum!» quibus dictis effertur atque inflatur. Atqui ille non homo, sed fungus est!

A. — Quid?

REG. — Fungus.

Jam regulus iracundia elatus vehementer pallebat.

REG. — Sescenta milia annorum sunt cum flores spinas fingunt. Sescenta milia annorum sunt cum oves floribus nihilo minus vescuntur. Atqui non gravis questio est cur sibi spinas tam operose fingant quae nunquam quidquam prosint? Nullius momenti est quod bellum oves cum floribus gerunt? Non gravius est ac majoris momenti quam summae crassi viri ore rubicundo? Quid, si ego florem singularem novi, qui nusquam nisi in mea stella exsistat, quem aliquando parva ovis tanti facinoris ignara mane sic a vestigio penitus evellere possit, hoc nullius momenti est?

Cum erubuisset, denuo locutus est:

REG. — Si quis florem amat cujus nusquam alibi in sescentis milibus stellarum similis alter exsistat, id satis est ut earum spectaculo laetetur. Sic enim secum cogitat: «Flos meus illic alicubi est...» Sin autem ovis flore vescetur, sic afficietur ipse quasi stellae omnes subito exstinguantur. Num hoc me dius Fidius nullius momenti est?

Nihil amplius dicere potuit, sed lacrimas cum singultu repente profudit. Tenebrae factae erant. Ego vero ferramenta abjeceram. Adeo malleum et cnodacem et sitim et mortem curabam! Tunc in stella, quae et errans et mea et terra erat, regulus versabatur quem consolari oporteret. Quem dum sinu receptum leniter moveo dicebam: «Flos quem amas nullo in periculo est... Ego isti fiscellam describam ovi tuae adnectendam... ego tibi loricam flori tuo aptam... Ego...» Equidem parum sciebam quid ei dicerem. Ineptissimum enim me esse intellegebam nec qua ratione animum ejus quasi assequerer aut ubi convenirem sciebam... Adeo recondita est quae lacrimarum regio vocatur!

VIII

EGO VERO DE flore illo plura perquam cito cognovi.
Flores in stella reguli semper fuerant simplicissimae figu-
rae, uno foliorum ordine ornati, quibus nullo fere loco
opus erat neque ei cuiquam molesti erant. Ut enim aliquando mane ex herba exsistebant, sic vesperi exstingue-
bantur. Illum autem quodam die semen nescio unde
allatum ediderat; quod virgultum virgultis ceteris non
simile regulus summa cura observaverat, dubitans an
adansonia novo genere esset. Sed arbuscula crescere mox
destitit et florem moliri incepit. Cum regulus gemmam in-
gentem se constituentem assidue spectaret, mirabile visu
nescio quid inde exorturum esse praeclare intellegebat,
flos autem conclavi viridi tectus etiam atque etiam operam dabat ut formosus esset. Colores diligenter legebat.
Vestem sibi lente induebat. Singula folia sibi accommoda-
bat, ne rugis obductus papaverum more egrederetur, sed
quam nitidissimus ac formosissimus prodiret. Ab omnibus conspici sane cupiebat. Plurimos igitur dies abdi-
tus se exornando consumpserat. Ecce autem quodam die
mane tum ipsum cum sol oriebatur rosa se
ostenderat.

At illa, quae subtilitatem tantam ad singula
adhibuisset, oscitans dixit:

ROSA. — A! vixdum expergiscor: a te veniam peto. Coma enim adhuc horridula est.

Hic regulus admirationem tenere non
potuit:

REG. — Quam formosa es!
Tum illa summissa voce:

RO. — Nempe formosa sum, inquit. Quin simul cum sole nata sum...

Regulus eam non nimis verecundam esse suspicatus est, sed illa animum adeo movebat! Mox addidit:

RO. — Tempus, opinor, jentaculi est; benigne facies si mei memineris.

Continuo regulus pudore permotus aquam frigidam situlo tractam flori ministraverat.

HOC MODO, ut se jactare ac subirasci solebat, eum maturrime vexaverat. Velut quodam die, cum de quattuor spinis suis loqueretur, regulo dixerat:

RO. — Tigribus licet me suis unguibus...

Cui regulus haec contra:

REG. — Tigres in mea stella nulli sunt; tigres porro herba non vescuntur.

Tum illa summissa voce:

RO. — Ego non herba sum.

REG. — Ignosce mihi.

RO. — Nihil a tigribus metuo, sed ventulos horreo. Fortasse aliquid contra eos paratum habes?

Tum regulus secum:

REG. — Ventulos horret! Ne male cum ea actum est, quam terra genuerit; quae quidem eam artificiosius machinata est...

RO. — Vesperi tegumento vitreo me teges. Nam domi tuae et frigidissimus aer est nec res aptis locis compositae sunt nec commode habitatur. Illic unde venio...

23

At loqui intermiserat. Nam cum semen venisset, nihil de astris aliis novisse potuerat. Tamen, quod eam suppudebat se in meditatione mendacii tam insulsi deprehensam esse, sibi tussiculam bis terve moverat, ut calpam in regulum transferret:

RO. — Ecquando me contra ventulos?...

REG. — Arcessebam, nisi me allocuta esses.

Tum illa sibi graviorem tussim moverat, ut ipse conscientia tamen morderetur.

ITAQUE REGULUS, quanquam amor eum illi sedulo servire jubebat, tamen mox suspicatus est se ab ea non amari. Verba igitur nullius momenti gravia esse ratus miserrimus factus erat. Quodam die mihi haec confessus est:

REG. — Equidem aures ad eam admovere non debui: aures ad flores non admovendae sunt; oculi et nares admovendae sunt. Suavissimus quidem odor stellae e meo adflabatur, sed eo laetari nesciebam. Ungues illi, quos tam moleste tuleram, me misericordia potius commovere debuerunt.

Haec etiam mihi confessus est:

REG. — Tempore illo propter inscitiam nihil intellexi. Acta enim ejus pluris quam verba aestimare debui. Quoniam mihi et odorem et tanquam lucem suppeditabat, nullo pacto mihi effugiendum fuit, sed potius perspiciendum quanta caritas miseris illis dolis obtegeretur. Adeo flores secum pugnant! Sed tenerior eram quam ut scirem quemadmodum eum amare oporteret.

IX

ADVENAS VOLUCRES ALIO commigrantes ei evolandi facultatem dedisse suspicor. Mane, priusquam proficisceretur, res in stella sua summa cura constituit. Montium ardentium ora diligenter purgavit; duos ardentes habebat, qui ei ad jentaculum mane mitigandum perutiles erant. Exstinctum quoque unum habebat. Sed, cum «utique cavendum esse» dicere soleret, et extincti montis os purgavit. Nam si ora eorum diligenter purgata sunt, montes illi leniter atque aequaliter ardent neque ignes ex eis erumpunt. Eruptiones enim ignium ignibus illis similes sunt qui caminis concipiuntur. Sane his in terris statura nimis exigua sumus ut montes ardentes purgemus. Itaque nobis tot incommoda struunt.

Item novissima adansoniarum virgulta subtristi animo evellit, se nunquam rediturum esse ratus. At mane ejus diei domestica illa omnia ei summe dulcia visa sunt. Porro cum aquam in florem postremum spargeret et in eum tegumentum illud vitreum impositurus esset, se lacrimas effusurum esse subito sensit.

Rosae «Vale» dixit. Quae cum non respondisset, iterum ipse «Vale». Tussis rosae mota est, sed non qua gravedine moveri solebat. Tandem illa:

RO. — Stulte feci, inquit. A te veniam peto. Tu ad vitam beatam nitere.

Montium ardentium ora diligenter purgavit.

Admiratus est sibi nihil objici. Adstabat obstupefactus, suspenso tegumento, nec quid placida illa lenitas sibi vellet intellegebat. Tum rosa:

RO. — Immo vero te amo. Meo vitio nescisti. Hoc nullius momenti est. Sed tu aeque stulte atque ego fecisti. Nitere ad vitam beatam. Tegumentum istud omitte. Jam tegi nolo.

REG. — At ventus…

RO. — Non adeo gravedinosa sum… Levabit me frigida noctis aura. Nempe flos sum.

REG. — At bestiae…

RO. — At mihi duas vel tres erucas patienter ferre necesse est si quidem papiliones nosse volo, quod genus tam formosum esse fertur. Aliter quis me inviset? Tu vero longe aberis. Nam a majoribus bestiis nihil metuo: sunt mihi ungues.

Interea quattuor spinas suas imprudens ostendebat. Deinde illa:

RO. — Ne sic traxeris, inquit; molestum est. Tibi proficisci certum est: Abi.

Flens enim ab eo conspici nolebat. Flos adeo superbus erat…

X

CUM ILLE AD stellulam CCCXXV, CCCXXVI, CCCXXVII, CCCXXVIII, CCCXXIX, CCCXXX propius accessisset, eas visere instituit ut et occupationem et doctrinam quaereret.

Primam rex incolebat. Sedebat rex purpura pellibusque

muris Pontici indutus in solio simplicissime facto, sed
tamen magnifice.

REX. — Attat! Ecce qui mihi paret.

Tum regulus haec secum:

REG. — Quomodo me agnoscere potest, quoniam me
nunquam vidit?

Nesciebat autem regibus universorum rationem sim-
plicissimam esse: ceteros ad parendum natos esse arbitrantur.

REX. — Accede propius, inquit, ut te melius adspiciam.

Valde autem se efferebat quod alicujus causa regnaret. Regulus ubi assideret circumspexit, verum stella tota pulcherrimo illo murino pallio oppleta erat. Adstitit igitur et, ut fessus erat, oscitavit. Hic stellae dominator:

REX. — A majestate regia alienum est coram rege oscitare, inquit. Istud veto.

Cui regulus pudore permotus:

REG. — Non equidem possum quin oscitem, inquit. Diu iter feci nec dormii.

REX. — Isto pacto te oscitare jubeo. Multi jam anni sunt cum neminem oscitantem vidi. Mihi oscitatio aliquid cognitione dignum est. Age vero, oscita denuo. Jubeo.

Tum regulo totum os erubuit et:

REG. — Pudore deterreor, inquit… non jam possum…

REX. — Hem! Hem! Jam te jubeo modo oscitare modo…

Lingua paulum haesitabat et offensus videbatur.

Nihil enim ei antiquius erat quam ut auctoritas sua obtineretur nec sibi non pareri patiebatur, quippe quem penes solum dominatio esset. Cum autem optimus esset, rationi consentanea imperabat. Velut haec dicere solebat: «Si jubeam, inquiebat, si jubeam ducem se in marinam avem convertere nec dux pareat, non ejus culpa sit, sed mea.»

Cui regulus verecunde:

REG. — Licetne mihi assidere? inquit.

REX. — Assidere te jubeo.

Rex interea murini pallii laciniam cum majestate reduxit. Regulus autem mirabatur, cum stella perparvula esset, quaenam rex imperio regeret.

REG. — O rex, inquit, hanc veniam peto ut mihi te interrogare liceat.

Tum rex festinanter:

REX. — Jubeo, inquit, te me interrogare.

REG. — O rex, quae imperio regis?

Tum rex simplicissime:

REX. — Universa, inquit.

REG. — Univérsa?

Hic rex porrecta modice manu suam ceterasque stellas et errantes et inerrantes monstravit.

REG. — Omnia illa?

REX. — Omnia illa.

Etenim non modo penes se omnem, verum etiam omnium dominatum esse arbitrabatur.

REG. — Stellaene tibi parent?

REX. — Sane quidem, et statim parent, neglegi jussa
non patior.

Potestas tanta regulo maximam admirationem movit.
Quae si penes se fuisset, solem occidentem non quadragies quater, sed septuagies bis, vel centies, vel etiam ducen-
ties non mota unquam loco sella spectare se potuisse
cogitabat! Cum autem eum tristiorem recordatio relictae
stellulae reddidisset, veniam a rege petere ausus est:

REG. — Solem occidentem spectare cupio... Gratum
mihi feceris si solem occidere jusseris...

REX. — Si ducem papilionis more circum flosculos
volitare vel tragoediam scribere vel se in marinam avem
convertere jubeam, dux autem imperatum non faciat,
utrius vitium sit, meumne an ejus?

Cui regulus constanti voce:

REG. — Tuum, inquit.

REX. — Recte dicis. Tantum enim ab unoquoque exigendum est quantum dare unusquisque potest. Nempe auctoritas primum in ratione nititur. Si populares tuos jusseris se in mare abjicere, rem publicam commutabunt. Fas mihi ab eis exigere quae imperavi quia imperata a me rationi consentanea sunt.

Tum regulus iterum:

REG. — Quid igitur de meo solis occasu? inquit.

Nunquam enim omittebat quod semel quaesierat.

REX. — Occasus solis iste tibi dabitur. Exigam enim. Sed, ut qui rei publicae administrandae peritus sim, tempus exspectabo.

Regulus sciscitatus est quota hora id futurum esset. Cui rex, postquam ingentes fastos inspexit: «Hem! Hem! inquit, hem! hem! fiet hodie vesperi… fiet… quadragesima fere minuta post septimam horam. Ac videbis quam mihi sedulo pareatur.

Oscitavit regulus. Quem cum solis occasum illum sibi praereptum esse paenitebat, tum paulum taedere jam coeperat. Regi igitur:

REG. — Nihil jam mihi negotii hic est. Mox proficiscar.

REX. — Noli proficisci.

Adeo enim eum efferebat quod aliquem sibi parentem habebat. Rex iterum:

REX. — Noli proficisci, inquit. Te muneri praeficiam.

REG. — Cui muneri?

REX. — Vel… iure dicundo!

REG. — At nemo est de quo judicem!

REX. — Non exploratum est. Nondum enim circum regnum meum vectus sum. Admodum senex sum et locus mihi ad currum habendum deest et ambulatione defatigor.

REG. — At enim ego jam visi.

Et procumbens regulus iterum alteram stellae partem raptim aspexit.

REG. — Ne illic quidem quisquam versatur.

REX. — De te igitur ipso judicabis. Id unum difficullimum est. Nam multo difficilius est de se ipso quam de aliis judicare. Si de te ipso recte judicaveris, vere sapiens existimandus eris.

REG. — At ego de me ipso ubicumque sum judicare possum. Hic habitare mihi non necesse est.

REX. — Hem! hem! in stella mea murem aetate provectum alicubi versari suspicor. Nocte eum audio. De mure illo vetulo judicare poteris. Quem capite interdum damnabis, ut ejus vita e tua justitia pendeat. Sed ei vitam toties remittes, ut eo parcius utaris: solus enim est.

REG. — Me vero quemquam capite damnare non juvat. Quare mihi profecturus esse sane videor.

Cum rex se nolle dixisset, tamen regulus, collectis vasis, regem natu grandem offendere noluit.

REG. — O summe rex, inquit, si tibi sedulo oboediri cupias, mihi rationi consentanea imperes. Me verbi gratia ante exactam hanc sexagesimam horae partem proficisci jubeas. Omnia enim tempestiva videntur esse.

Cum rex nihil respondisset, regulus primum dubitavit, deinde cum suspirio evolavit. Tum rex festinanter:

REX. — Te legatum meum esse jubeo.

Dum exclamat, summam auctoritatem prae se ferebat.

Regulus autem secum in itinere adultorum hominum mores permiros esse cogitavit.

XI

SECUNDA STELLA a glorioso quodam incolebatur. Qui simul ac regulum conspexit, procul exclamavit:

GLORIOSUS. — Hui! Ecce me invisit qui me admiratur!

Gloriosi enim ceteros se admirari arbitrantur.

Cui regulus:

REG. — Salve, inquit. Mirificum mehercule petasum habes.

Tum ille:

GL. — Ad gratias videlicet agendas apte factus est, inquit, ad gratias eis agendas qui admirationem suam clamore significant. Incommode fit quod nemo unquam hac iter facit.

Tum regulus:

REG. — Itane vero? inquit. Nondum enim intellexerat.

GL. — Manum manu pulsa. Cum vir gloriosus haec eum hortatus esset, regulus manum manu pulsavit. Tum vir gloriosus paulum sublato petaso modeste gratias egit.

Hic regulus secum: «Hoc mehercule festivius est quam regem illum invisere.» Atque manum manu iterum pulsavit, vir gloriosus paulum sublato petaso iterum gratias egit.

Tamen, postquam paulisper inter se exerciti sunt, regulus lusionis taesum est varietate carentis.

REG. — Jam ut petasus decidat, inquit, quid faciendum est?

Sed eum gloriosus ille non audiit. Gloriosorum enim est nihil nisi laudes audire. Regulum porro interrogavit:

GL. — Verene me multum admiraris?

REG. — Quid significat admirari?

GL. — Admirari hoc significat, me in stella formosissimum unum et elegantissime vestitum et divitissimum et ingeniosissimum esse profiteri.

REG. — At solus in stella ista es!

GL. — Gratum mihi feceris si me tamen admiratus eris.

Regulus, jactatis paulum umeris:

REG. — Admiror te, inquit, sed quidnam tua interest?

Quae cum dixisset abiit. Dum autem iter facit, nihil amplius secum cogitavit quam haec: «Enimuero adultorum hominum mores valde insoliti sunt.»

XII

PROXIMA STELLA A potatore incolebatur. Quanquam regulus apud eum minime diu commoratus est, tamen magna tristitia affectus est. Cum enim potatorem silentio accubantem et binis lagonarum copiis, altera inanium, altera plenarum, circumfusum invenisset:

REG. — Quid istic agis? inquit. Tum potator maestissimo vultu:

POTATOR. — Poto, inquit.

REG. — Cur potas?

PO. — Ut obliviscar.

Hic regulus, jam misericordia captus:

REG. — Ut cujus rei obliviscaris?

Potator demisso capite confessus est:

PO. — Ut me pudere obliviscar.

Cum regulus ei subveniendi cupidus quaesisset cujus rei eum puderet, tandem potator:

PO. — Potare me pudet, inquit.

Perorata oratione jam obmutuit, regulus autem suspenso atque incerto animo abiit, in itinere nihil amplius secum cogitans nisi haec: «Enimvero adultorum hominum mores mirum quantum insoliti sunt.»

XIII

QUARTA STELLA a negotiatore incolebatur. Ille adeo occupatus erat ut adveniente regulo ne caput quidem erigeret. Cui regulus:

REG. — Salve, inquit. Exstinctus est calamus tuus.

NEGOTIATOR. — Tres et duo fiunt quinque. Quinque et septem duodecim. Duodecim et tres quindecim. Salve. Quindecim et septem viginti duo. Viginti duo et sex duodetriginta. Non spatium ejus rursus accendendi. Viginti sex et quinque fiunt unus et triginta. Evasi! Fiunt ergo quinquies milies et sexies decies centena milia viginti duo milia septingenti triginta unus.

REG. — Quae ista quinquies milies centena milia?

NEG. — Hem! Semper ades? Quinquies milies et decies centena milia… Jam nescio quae sint. Tot occupationibus implicor! Gravis ego vir sum neque in nugis aetatem consumo. Duo et quinque septem…

Regulus autem, qui dum vixerat nunquam omiserat quod semel quaesierat, eum iterum interrogavit:

REG. — Quae ista quinquies milies et decies centena milia?

Hic negotiator, capite erecto:

NEG. — Quinquaginta quattuor anni sunt, inquit, cum stellam hanc incolo: omnino ter interpellatus sum. Primum ante hos viginti duo annos, cum melolontha bestiola nescio unde deciderat. Adeo formidolosum sonitum late ciebat ut in summa facienda quater peccaverim. Iterum ante hos undecim annos, cum ex artubus laboravi. Exercitatione egent. Ego autem ambulatiunculis non vaco.

Equidem vir gravis sum. Tertium... hodie! Fiunt ergo quinquies milies et decies centena milia...

REG. — Quae ista toties centena milia?

Intellexit negotiator otium sibi desperandum esse.

NEG. — Centena milia pusillarum istarum rerum quae in caelo interdum cernuntur.

REG. — Muscaene?

NEG. — Immo pusillae res quae lucent.

REG. — An apes?

NEG. — Immo pusillae res aureo colore de quibus cessatores vigilantes somniant. Ego autem vir gravis sum nec somniis istis vaco.

REG. — Quid? An stellae?

NEG. — Ita prorsus. Stellae sunt.

REG. — Quid porro quinquies milies centenis milibus stellarum facis?

NEG. — Immo vero sunt quinquies milies et sexies decies centena viginti duo milia stellarum septingentae triginta una stellae. Ego vir gravis sum atque in subducendis rationibus diligens.

REG. — At quid hisce stellis facis?

NEG. — Quid faciam rogas?

REG. — Rogo.

NEG. — Nihil facio. Eas possideo.

REG. — Stellas possides?

NEG. — Possideo.

REG. — At ego jam regem vidi qui...

NEG. — Reges non possident, sed alicubi regnant. Plurimum inter hoc et illud interest.

REG. — At quid tibi stellas possidere prodest?

NEG. — Hoc prodest ut dives sim.

REG. — At quid tibi divitem esse prodest?

NEG. — Ut alias stellas emam, si quis quam reperit.

Tum regulus secum:

REG. — Hic eodem fere modo atque ille meus potator ratiocinatur.

Tamen etiam interrogavit:

REG. — Qua ratione stellae ab aliquo possideri possunt?

Cui negotiator truculentius:

NEG. — Cujus sunt? inquit.

REG. — Nescio. Nullius.

NEG. — Atqui meae sunt; primo enim mihi hoc in mentem venit.

REG. — Satis est?

NEG. — Ita prorsus. Nam ubi adamanta invenis, tuus

est. Ubi insulam vacuam invenis, tua est. Ubi machinationem aliquam invenis, modo in tabulas publicas referendam caveris, tua est. Eadem ratione ego stellas possideo, quoniam nemini ante me in mentem venit eas sibi vindicare.

REG. — Recte quidem dicis. Quid autem eis facis?

NEG. — Procurationem earum gero. Earum rationem identidem subduco. Difficile quidem hoc est, sed ego vir gravis sum.

Tamen regulo nondum satisfecerat.

REG. — Ego si focale possideo, id collo circumdare possum et auferre. Si vero florem possideo, florem carpere et auferre possum. At tu stellas carpere non potes.

NEG. — Non equidem possum, sed rationes earum apud argentarium deponere possum.

REG. — Quid ista significant?

NEG. — Hoc significant, me in chartula numerum stellarum mearum scribere solere, deinde chartulam illam in loculos clavi clausos condere.

REG. — Nec quidquam amplius?

NEG. — Satis est.

Tum regulus secum:

REG. — Festivum quidem id et poeta satis dignum est, non gravissimo viro.

Regulus enim de gravibus rebus longe aliter atque adulti homines sentiebat. Rursus ille:

REG. — Est mihi flos, inquit, in quem aquam cotidie spargo. Sunt mihi montes—Vulcanios eos vocant—quos octavo quoque die purgo. Nam et eum purgo qui exstinctus est. Utique cavendum est. Et eis prodest et flori a me possideri. Tu contra nihil stellis prodes.

Negotiator os aperuit, sed, cum nihil invenisset quod responderet, regulus abiit. Dum autem iter facit, nihil aliud secum cogitabat nisi haec: «Enimvero adultorum hominum mores ab usitatis moribus omnino sejuncti sunt.»

XIV

QUINTA STELLA cognitione dignissima erat. Omnium minima erat et vix satis patebat ut lychno publico curatorique ejus sedem praeberet. Regulus nulla ratione intellegere poterat quidnam in regione aliqua caeli atque in stella a domibus incolisque vacua lychnus curatorque lychnorum prodesset. Tamen sic secum cogitavit:

REG. — Nescio an hic ratione careat. Tamen ea minus caret quam rex ille et gloriosus et negotiator et potator. Labor saltem ejus rationem quandam habet. Cum enim lychnum cujus procurationem habet accendit, novam stellam vel florem quodam modo gignit. Rursus, cum eum exstinguit, tum flos vel stella obdormiscit. Ne ille in re venustissima occupatus est. Hoc autem vere utile est quoniam venustum est.

Itaque ubi ad stellam appulsus est, curatorem lychni honorifice salutavit:

REG. — Salve. Cur lychnum modo exstinxisti?

CURATOR. — Ita mihi mandatum est. Salve.

REG. — Quid mandatum significat?

CUR. — Hoc mandatum est ut lychnum hunc exstinguam. Hac nocte vale.

Continuo eum rursus accendit.

REG. — At cur eum modo rursus accendisti?

CUR. — Ita mihi mandatum est.

REG. — Non intellego.

CUR. — Nihil intellecto opus est. Sic se mandatum habet ut se habet. Salve.

Continuo lychnum exstinxit.

Deinde sudario rubris quadratis insigni frontis sudorem abstersit et:

CUR. — Immani munere fungor, inquit. Olim moderata laboris ratio erat. Lychnum mane accendebam; vesperi exstinguebam. Ita reliquum diem ad requiescendum, reliquam noctem ad dormiendum vacuam habebam…

REG. — Aliud videlicet postea mandatum est?

CUR. — Non aliud mandatum est. Inde omnis haec calamitas! Etsi stella in annos singulos celerius versata est, tamen non aliud mandatum est!

REG. — Quid igitur?

CUR. — Nunc igitur, quia in sexagesima horae parte semel vertitur, non temporis particulam ad interquiescendum jam habeo. Sexagesima in parte semel et accendo et exstinguo.

REG. — Equidem hoc mirifice delector, diem apud te sexagesima parte finiri!

CUR. — Immo ego nequaquam delector. Mensis enim jam est cum inter nos loquimur.

REG. — Mensis?

CUR. — Ita est. Triginta sexagesimae, triginta dies! Hac nocte vale.

Continuo lychnum accendit. Quem cum regulum intuitus esset, curatorem illum dilexit qui mandata tanta

Immani munere fungor.

fide persequeretur et, recordatus se ipsum solis occasus sella movenda olim sectatum esse, amico subvenire voluit.

REG. — Ego vero... scio qua ratione acquiescere cum velis possis.

CUR. — Semper volo.

Fieri enim potest ut fidelis et idem piger sis.

Regulus ut inceperat perrexit:

REG. — Stella tua adeo parva est ut tribus passibus eam circumeas. Tibi nihil aliud agendum est nisi satis lente progrediendum ut in aprico loco semper verseris. Si quando acquiescere voles, progredieris: ita quamdiu voles lucebit.

CUR. — Isto modo parum proficio. Hoc me in vita juvat... dormire.

REG. — O te infelicem!

CUR. — O me infelicem! Salve.

Quae cum dixisset, lychnum exstinxit. Regulus autem dum ad ulteriora pergit sic secum cogitabat:

REG. — Hic quidem ceteris, regi illi, glorioso, potatori, negotiatori contemptui esset. Tamen unus est qui mihi non ridendus esse videatur, fortasse eam ob rem quod non suam, sed aliam quandam rem curat.

Tum desiderio ejus commotus suspiravit et haec secum denuo:

REG. — Hic unus est quo uti amico potuerim. Sed stella ejus re vera minor est quam ut duobus locus sit...

Hoc autem regulus secum confiteri non audebat, se desiderio felicis illius stellae imprimis teneri quod sol in viginti quattuor horis milies quadringenties quadragies occideret.

XV

SEXTA STELLA decem partibus latior erat. Incolebatur a viro gravi atque aetate provecto qui ingentes libros scribebat. Qui, ut regulum conspexit, exclamavit:

GEOGRAPHUS. — Ecce tibi qui ignotas regiones explorat!

Regulus in mensa assedit et paulisper acquievit. Tamdiu jam peregrinatus erat!

Gravis senex:

GEO. — Unde venis? inquit.

REG. — Quis ingens iste liber est? Quid istic agis?

Tum gravis senex:

GEO. — Geographus sum, inquit.

REG. — Quis geographus est?

GEO. — Vir doctus qui scit ubi maria, amnes, montes, solitudines sint.

REG. — Ista quidem nosse operae pretium est. Istud vere artificium est.

Quae cum regulus dixisset, stellam geographi raptim circumspexit. Nondum enim stellam majestatis tantae viderat.

REG. — Valde magnifica stella tua est. Suntne istic magna maria?

GEO. — Scire nequeo.

Tum regulus spe dejectus:

REG. — Quid! Et montes?

GEO. — Scire nequeo.

REG. — Et urbes? Et amnes? Et solitudines?

GEO. — Ne ea quidem scire queo.

REG. — At geographus es!

GEO. — Est vero ita, sed ego ignotas regiones non exploro. Ejus modi hominibus omnino egeo. Atqui non geographi est urbes, amnes, montes, maria minora vel majora solitudinesque lustrando percensere. Geographi amplitudo major est quam ut otiosus ambulet. Nunquam e testudine sua discedit, sed homines qui novas regiones exploraverunt in eam admittit et interrogat et scribit quae sibi accidisse narrant. Si quis autem ea narrat quae geographus sua interesse existimet, de moribus ejus cognosci jubet.

REG. — Quare istud?

GEO. — Quia si quis mentiatur, libris qui de geographia sunt cladem paret. Similiter si quis perpotet.

REG. — Quare istud?

GEO. — Quia ebriosis res duplices videntur esse. Geographus igitur duos montes esse scribat ubi unus sit.

REG. — Novi aliquem qui ad explorandum minime aptus sit.

GEO. — Fortasse ita est. Ergo, ubi mores illius boni videntur esse, de eis quae repperit cognoscitur.

REG. — Visuntur?

GEO. — Minime. Via enim ista nimis flexuosa est. Sed ab eo qui regiones exploravit documenta exiguntur. Velut, si mons altus repertus esse nuntiatur, ei imperatur ut magnos lapides inde reportet.

Concitatus repente geographus est:

GEO. — At tu e locis remotis venis! Ignota exploras! Jam mihi stellam tuam describe.

Atque geographus tabulas aperuit et cerulam praeacuit. Nam cerula primum ea scribuntur quae narrant qui explorant. Tum demum atramento scribuntur cum documentis confirmata sunt. Geographus igitur sciscitatus est:

GEO. — Quid tu?

REG. — Ne domi meae non multa animadversione digna sunt: omnia perparva sunt. Mihi sunt tres ejus modi montes quorum duo etiam nunc ardeant, unus exstinctus sit. Tamen utique cavendum est.

GEO. — Utique cavendum est.

REG. — Mihi etiam flos est.

GEO. — Flores in tabulas referre non solemus.

REG. — Quidni? Sunt formosissimae rerum.

GEO. — Quia flores evanidi sunt.

REG. — Evanidus quid significat?

GEO. — De geographia libri librorum omnium pretiosissimi sunt. Nunquam enim obsolescunt. Perraro mons de loco movetur. Perraro mare magnum exhausta aqua exarescit. Aeterna scribimus.

Interpellavit eum regulus:

46

REG. — At fit ut exstincti montes rursus exardescant. Evanidus vero quid significat?

GEO. — Utrum exstinctus sit ardor eorum an excitatus, nihil nostra interest. Nosmet montis tantum rationem habemus. Qui non mutatur.

Regulus autem, qui, dum vixerat, nunquam omiserat quod semel quaesierat, denuo:

REG. — At evanidus quid significat? inquit.

GEO. — Hoc significat, interitum alicui instare.

REG. — Flori meo interitus instat?

GEO. — Profecto ita est.

Tum regulus secum:

REG. — Evanidus flos meus est et tantum quattuor spinas ad se contra universa defendendum habet! Ego autem eum solum domi meae reliqui!

Hic primum eum paenitere coepit. Tamen animo rursus erecto quaesivit:

REG. — Quae me hortaris ut visam?

Cui geographus respondit:

GEO. — Terram stellam. Nam bene audit…

Abiit regulus secum de flore suo cogitans.

XVI

SEPTIMA IGITUR STELLA terra fuit.

Terra autem non stella quaevis una est. Etenim ibi centum undecim reges, ratione scilicet eorum qui atris nationibus praesunt habita, septem milia geographorum, novies centena milia negotiatorum, septuagies quinquies centena milia potatorum, ter milies et centies decies centena milia gloriosorum, in summa circiter vicies milies centena milia hominum adulta aetate percenseas.

Ut conjectura aliqua suspicari possis quanta terra sit, scito ante vim electri inventam, si summam subducas, in sex his continentibus quadringenta sexaginta duo milia quingentos undecim curatores lychnorum justi exercitus instar alendos fuisse.

Homini loco paulum remoto sedenti praeclarum spectaculum praebuissent. Sic enim exercitus ille quasi chorus in theatro ad numerum se movebat. Primo qui lychnos in Nova Zelandia et Australi terra accendebant in scaenam prodibant. Postquam autem lucernas suas accenderant, dormitum abibant. Continuo ab eis qui lychnos apud Sinas et Hyperboraeos Scythas accendebant in scaenam succedebatur. Deinde hi quoque in postscaenium evolabant. Succedebant jam qui apud Sarmatas et Indos, dein qui in Africa Europaque, tum qui in America illa australi, postremo qui in hac America aquiloni subjecta lychnos accendebant. Nemo autem unquam in hoc errabat ut non suo tempore in scaenam prodiret. Summa igitur spectaculi illius magnificentia erat.

Tantum illi tanquam collegae, quorum alter unum lychnum sub Septentrionibus ipsis, alter unum lychnum sub australi vertice accendebat, in desidia ac segnitia aetatem agebant: bis enim in anno administrabant.

XVII

QUI FACETUS ESSE vult, is interdum mendaciuncula dicit. Non optima fide de curatoribus lychnorum locutus sum. Periculum est ne qui stellam nostram non noverunt meo vitio sibi de ea falsam opinionem fingant. Homines enim in terris angustissimum locum occupant. Si illa vicies milies centena milia hominum a quibus habitantur confertiora contionis modo starent, foro quadrato viginti milium passuum quoque versus facile caperentur. Ita genus hominum in angustissimam quamvis insulam maris Pacifici cogi potest.

Adultis hominibus videlicet fidem non facies. Magnum se locum obsidere arbitrantur et eadem amplitudine qua adansoniae esse sibi videntur. Hortabere igitur eos ut rationem subducant. Quoniam numeros in deliciis habent, id eis jucundum erit. Tu contra ne operam in re odiosa frustra consumpseris. Inutile negotium est. Nempe mihi confidis.

Regulus igitur, ut semel in terris institit, vehementer admiratus est quod neminem videret. Jam timebat ne a proposita stella aberravisset, cum quiddam anulo specie, lunae colore simile in arena se movit. Tum regulus, utique cavendum esse existimans:

REG. — Hac nocte vale, inquit.

Cui serpens:

SER. — Hac nocte vale, inquit.

Percontatus est regulus:

REG. — Quam in stellam delapsus sum?

SER. — In terram atque in Africam.

REG. — Quid! Nemo igitur in terra habitat?

SER. — Haec solitudo est. Nemo in solitudinibus habitat. Terra vasta est.

Quae cum serpens dixisset, regulus in lapide consedit et caelum suspiciens:

REG. — Quaero, inquit, num idcirco stellae luceant ut

in suam cuique reditus aliquando pateat. Aspice meam. Ipsis cervicibus nostris impendet... At quantum abest!

SER. — Pulchra est. Sed quid hic tibi negotii est?

REG. — Illic flos mihi negotium facessit.

SER. — Hem!

Quae cum serpens dixisset, conticuerunt. Tandem regulus:

REG. — Ubi sunt homines? inquit. Nam in solitudine aliquantulum soli videmur esse...

SER. — Apud homines quoque soli videmur.

Cum regulus serpentem diu contuitus esset, tandem:

REG. — Mirifica quidem bestia es, inquit, quae aeque tenuis ac digitus sis.

SER. — Sed potentior sum quam digitus regis.

Tum regulus leniter arridens:

REG. — Non multum potens es, inquit... ne pedes quidem habes... ne iter quidem facere potes...

SER. — At ego te longius quam navis asportare possum.

Simul atque ea dixit, serpens reguli talum sicut armilla aurea circumjecta est.

SER. — Quem tango, terrae unde ortus est reddo. Sed tu purus es et e stella venis.

Cum regulus nihil respondisset, tum illa:

SER. — Tui misereor, inquit, qui tam debilis in hac ferrea terra verseris. Possum...

REG. — Equidem planissime intellexi, sed cur aenigmata semper usurpas?

SER. — Omnia solvo.

Quae cum serpens dixisset, conticuerunt.

XVIII

CUM REGULUS PER solitudinem iter faceret, unum in florem incidit, flosculum trium foliorum neque ullo numero...

REG. — Salve.

FLOS. — Salve.

Regulus a flore urbane quaesivit:

Tandem: «Mirifica quidem bestia es, inquit, quae aeque
tenuis ac digitus sis…»

REG. — Ubi sunt homines?

Flos autem homines aliquot iter una facientes quondam viderat.

FLOS. — Homines quaeris? Sunt, opinor, sex septemve. Multi anni sunt cum eos conspexi. Sed nulla ratione scitur ubi sint. Vento enim jactantur. Eis multum obest quod radicibus carent.

REG. — Vale.

FLOS. — Vale.

XIX

REGULUS IN ALTUM montem ascendit. Montes antea nullos noverat nisi tres illos suos que se altitudine genibus ejus adaequabant. Itaque exstincto monte quasi sellula utebatur. Sic igitur secum cogitavit: «E monte tam alto universam stellam atque universos homines simul conspiciam.» At nihil conspexit nisi cautes proceras et praeacutas. Tum, utique cavendum esse existimans:

REG. — Salve, inquit.

Cui vocis imago:

IMAGO. — Salve… Salve… Salve…

REG. — Quis es?

IMA. — Quis es… quis es… quis es…

REG. — Amici mei este; solus sum.

IMA. — Solus sum… solus sum… solus sum…

Quae cum imago respondisset, regulus secum ita cogitavit:

REG. — O mirificam stellam! Omnis et arida et horrida et salsa est. Jam vero homines jejuno animo sunt. Quae dicta sunt referunt... At domi meae flos mihi erat: qui flos semper prior loquebatur...

XX

POSTQUAM REGULUS DIU per arenas et cautes et nives iter fecit, factum est ut viam tandem inveniret. Omnes autem viae ad homines ferunt.

REG. — Salvete.

Nam regulus hortulum rosis florentibus consitum viderat.

ROSAE. — Salve.

Contuitus est eas regulus. Quae omnes flori ejus similes erant.

Obstupuit et:

REG. — Quae estis? inquit.

ROS. — Rosae sumus.

REG. — Ehem!...

Atque regulus miserrimus esse sibi visus est. Flosculus enim suus fabulatus erat se in universitate rerum singularem atque unigenam esse. Ecce autem quinque milia in uno hortulo erant quae omnia inter se similia essent! Itaque haec secum:

REG. — Ne rosam meam vehementer pigeret si haec videret... Plurimum tussiret et se mori simularet ne ridicula videretur. Mihi autem pernecesse esset, curationem

Stella haec omnis et arida et horrida et salsa est.

simulare. Nam si aliter facerem, ut me quoque puderet, voluntario senio reapse moreretur.

Haec etiam secum:

REG. — Equidem me flore singulari divitem esse arbitrabar; at rosam unam de multis possideo. Quam cum possideam et tres illos montes—qui quidem se genibus meis altitudine adaequant et quorum unus fortasse in perpetuum exstinctus est—non valde magnus rex existimandus sum.

Cum ea secum reputavisset, in herba jacens flevit.

XXI

TUM IPSUM PRODIIT vulpes.

VULPES. — Salve.

REG. — Salve.

Quod cum regulus urbane respondisset, se convertit nec quidquam vidit.

Et in herba jacens flevit.

Tum vox:

VUL. — Hic sum... sub malo.

REG. — Quae bestia es? valde venusta es.

VUL. — Vulpes sum.

Quam regulus invitavit:

REG. — Veni mecum lusum. Adeo tristis sum.

VUL. — Tecum ludere non possum. Nam non man-
sueta sum.

REG. — Hem! da mihi veniam.

Sed, cum regulus paulisper commentatus esset, haec
addidit:

REG. — Quid significat mansuescere?

VUL. — Non nostras es. Quid quaeris?

REG. — Homines quaero. Sed quid significat mansuescere?

VUL. — Homines arcus tonantes habent et venantur.
Perquam molestum est! Gallinas etiam alunt. Hac una re
utiles sunt. Gallinas quaeris?

REG. — Non gallinas quaero. Amicos quaero. Sed quid significat mansuescere?

VUL. — Illud nimis obsolevit. Hoc significat, vinculis conjungi.

REG. — Vinculis conjungi?

VUL. — Ita plane. Nam tu puer centum milibus puerorum similis mihi etiamnunc videris esse. Neque ego te indigeo, nec tu me. Tibi vulpes centum milibus vulpium similis esse videor. Sin autem me mansueveris, alter altero indigebimus. Ut tu mihi inter omnes singularis esse videberis, sic ego tibi inter omnes singularis videbor esse.

REG. — Jam intellegere incipio. Flos est... a quo me mansuefactum esse puto.

VUL. — Fortasse ita est. In terra enim res cujuscumque modi evenire videmus.

REG. — Mehercule hoc non in terra evenit.

Cum ea regulus diceret, vulpi exspectationem magnam movere visus est.

VUL. — In alia stella?

REG. — Ita est.

VUL. — Sunt in stella illa venatores?

REG. — Nulli sunt.

VUL. — Id quidem plurimi est! Sunt et gallinae?

REG. — Nullae sunt.

Tum vulpes suspirans:

VUL. — Nihil perfectum atque absolutum est, inquit.

Sed ad propositum rediit:

VUL. — Aetatem nimis aequabiliter ago. Ego venor gallinas, homines me. Omnes autem homines inter se similes sunt et omnes gallinae inter se similes sunt. Subodiosa igitur vita mea est. At si me mansueveris, ea tanquam aprica fiet. Gressus sonitum novero qui ceteris dissimilis erit. Ceteris enim admoneor ut sub terram surrepam. Tuo a cuniculo meo quasi carmine quodam evocabor. Jam vero aspice! Videsne illic segetes? Equidem pane non vescor. Mihi frumentum inutile est. Segetes igitur nihil me admonent. Id quidem luctuosum est. At tu aureo capillo es. Ergo incredibiliter gaudebo ubi me mansueveris. Frumenta, quae aurea sint, me de te admonebunt et murmure delectabor per frumenta flantis aurae…

Conticuit vulpes et regulum diu contuita est. Tandem:

VUL. — Quaeso… mansuesce me, inquit!…

Cui regulus respondit:

REG. — Libenter quidem, sed mihi non multum vacui temporis est. Sunt et amici inveniendi et multa cognoscenda.

VUL. — Id unum noveris quod mansueveris. Homines nullius jam rei cognoscendae spatium habent. Res ad usus domesticos confectas ac praeparatas a propolis emunt. Cum autem amici nusquam veneant, homines amicos jam nullos habent. Si igitur amicum parare vis, mansuesce me.

REG. — Quid faciendum est?

Cui vulpes respondit:

VUL. — Etiam atque etiam sustentandum ac prolatandum. Primum aliquo intervallo interjecto sic in herba consides. Ego autem te limis aspiciam nec tu verbum ullum facies: e verbis ambigue positis discordiae exsistunt. Sed tibi in dies singulos paulo propius assidere licebit...

Postridie revisit eam regulus. Cui vulpes:

VUL. — Commodius fecisses, inquit, si eadem hora me revisisses. Nam si vel quarta postmeridiana hora venies, a tertia beata esse incipiam. Quo magis haec cedet, eo beatior esse mihi videbor. Quarta moveri ac sollicitari jam incipiam; sic quanti sit vita beata reperiam. At si tempore quovis venies, nunquam sciam quota hora me animo tanquam decorum vestitum induere oporteat. Sollemnia quaedam constitui opus est.

REG. — Quid est sollemne quiddam?

VUL. — Hoc quoque nimis obsolevit. Propter hoc dies quidam a ceteris diebus differt et hora quaedam a ceteris horis. Veluti hoc apud venatores meos sollemne est ut Jovis die quoque cum puellis viculi choros agant. Itaque Jovis die mirifice fruor! Usque ad vineam ambulare soleo. Sin venatores die quolibet choros agerent, omnes dies inter se similes essent neque ego unquam feriata essem.

REGULUS IGITUR VULPEM mansuevit. Ubi autem tempus profectionis appropinquavit, vulpes:

VUL. — A!... flebo, inquit.

REG. — Tua quidem culpa est. Non ego tibi quidquam mali optabam, sed tu a me mansuesci voluisti.

VUL. — Ita plane.

REG. — At jam flebis!

VUL. — Ita plane.

REG. — Nihil igitur lucri fecisti.

VUL. — Immo lucrum feci propter istum frumentorum colorem.

Si vel quarta postmeridiana hora venies,
a tertia beata esse incipiam.

Deinde haec etiam vulpes:

VUL. — Rosas revise, inquit. Tum intelleges illam tuam inter omnes singularem esse. Postea huc regressus me valere jubebis atque ego tecum pro munere arcanum quiddam communicabo.

REGULUS IGITUR PROFECTUS rosas revisit:

REG. — Nequaquam meae rosae similes estis, inquit: nihildum estis. Nec vos quisquam mansuevit neque a vobis quisquam est mansuetus. Tales estis qualis vulpes mea erat. Haec centum milibus aliis similis erat. Postquam autem eam mihi amicitia conjunxi, inter omnes singularis facta est.

Ac rosas vehementer pudebat. Ille rursus:

REG. — Formosae quidem estis, at inanes estis. Nihil est cur quisquam pro vobis moriatur. Mea quidem ipsius rosa praetereunti cuivis uni vobis similis esse videretur. Unam autem eam pluris quam vos omnes facio, quoniam in eam aquam sparsi; quoniam in eam tegumentum vitreum imposui; quoniam eam contra vim venti munimento illo defendi; quoniam ejus erucas—praeter duas tresve papilionum causa—interfeci; quoniam eam querentem vel gloriantem vel etiam conticescentem audivi; quoniam mea rosa est.

DEINDE VULPEM REVISIT et:

REG. — Vale, inquit.

VUL. — Vale. Quod ceteros celavi, hoc est; est autem simplicissimum: animo tantum bene cernimus. Quae plurimi sunt, oculis cerni non possunt.

Regulus iterum, ut meminisset:

REG. — Quae plurimi sunt, oculis cerni non possunt.

VUL. — Propter operam rosae tuae frustra praebitam rosa tua tanti est.

Regulus iterum, ut meminisset:

REG. — Propter operam rosae meae frustra praebitam...

VUL. — Homines quanta sit dicti hujus veritas obliti sunt. At tu dicti hujus non oblivisci debes. Nam quem semel mansuevisti, quidquid ei postea accidit, perpetuo merito tuo accidit. Quidquid igitur rosae tuae accidit, merito tuo accidit.

Regulus iterum, ut meminisset:

REG. — Quidquid rosae meae accidit, merito meo accidit...

XXII

REG. — SALVE.

BIVIORUM CURATOR. — Salve.

REG. — Quid hic agis?

CUR. — Peregrinatores millenos tanquam in fasces collectos divido et tracta vehicula quibus rapiuntur modo ad dexteram, modo ad sinistram dimitto.

Hic celeri vehiculo praetereunte cum collucentibus fenestris ac fremitu tanquam tonitrui statio curatoris contremuit.

REG. — Ne eis valde properato opus est. Quid quaerunt?

CUR. — Vir qui in machina insistit ipse nescit.

Continuo alterum celere cum collucentibus fenestris ac fremitu in contrariam partem praetervectum est.

Interrogavit regulus:

REG. — Jam redeunt?

CUR. — Non idem homines sunt, sed alteri alterorum in locum succedunt.

REG. — Non eis bene erat illic ubi erant?

CUR. — Nemini unquam ibi bene est ubi est.

Continuo tertium celere cum collucentibus fenestris ac fremitu tonitrui praetervectum est.

REG. — Consectantur primos?

CUR. — Neminem consectantur. Illic dormitant vel oscitant. Pueri soli nasos ad fenestras vitreas vi applicant.

REG. — Pueri enim soli sciunt quae quaerant. Operam nimiam in pupa ex pannis facta ponunt; at illa plurimi fit et ablata eis fletum movet.

CUR. — Felices illi sunt!

XXIII

REG. — SALVE.

MERCATOR. — Salve.

Mercator autem ille pilulas ad explendam sitim summa arte temperatas vendebat. Earum si quis unam octavo quoque die sumit, potionis jam non indiget.

REG. — Quare ista vendis?

MER. — Quia temporis multum lucri fit. Periti subductis rationibus dixerunt quinquaginta tres minutas horae partes in septem diebus lucri fieri.

REG. — At quid illis quinquaginta tribus minutis fit?

MER. — Fit eis quemadmodum cuique libet...

Tum regulus secum cogitavit:

REG. — Ego vero, si mihi quinquaginta tres horae

partes essent quas in rem quamlibet impenderem, ad fontem placide leniterque procederem...

XXIV

JAM OCTAVUS DIES erat cum in solitudine jacebam et, dum de mercatore audio, ultimam aquae stillam quam itineris causa provideram biberam. Regulum igitur inter-pellavi:

A. — Ne me dius Fidius valde festiva memoras, sed ego necdum machinam refeci nec quicquam potionis habeo: quare mihi quoque jucundum esset si ad fontem placide leniterque procedere liceret.

REG. — Amica mea vulpes...

A. — Mi puerule, non de vulpe jam agitur!

REG. — Quare?

A. — Quia siti morituri sumus...

Ille quemadmodum ratiocinarer non intellexit res-ponditque:

REG. — Ei bene est qui amicum habuit, etiamsi mori-
turus est. Ego vero valde gaudeo quod vulpe amica usus
sum.

Tum ego mecum:

A. — Quantum periculum sit non videt, utpote qui
nunquam esuriat nec sitiat et cui brevis apricatio satis sit.

At ille me intuitus ad ea quae mente agitabam respondit:

REG. — Ego quoque sitio. Puteum quaeramus.

Lassitudinem manu significavi: absurdum enim est
per immensam solitudinem puteum nullo duce quaerere.
Tamen incedere incepimus.

POSTQUAM ALIQUOT HORAS taciti incessimus,
advesperavit et stellae lucere coeperunt. Quas dum
quasi in somnis conspicio, quia febriculam nimirum
propter sitim hanc habebam, ea quae regulus dixerat
amino cum jactatione quadam obversabantur. Quaesivi
igitur ab eo num ipse sitiret. Ille autem ad id quod
quaerebam non respondit, sed haec tantummodo dixit:

REG. — Fit ut et animo aqua jucunda sit.

Ego vero etsi quid responderet non intellegebam,
tamen tacui. Expertus enim sciebam eum non interrogan-
dum esse.

Fessus erat. Consedit. Assedi ego. Tum ille, intervallo
interjecto, rursus:

REG. — Stellae pulchrae sunt, inquit, propter florem
qui non conspicitur...

Ego ita plane esse respondi et lucente luna arenam
tanquam undulatam tacitus prospexi. Ille etiam:

REG. — Solitudo pulchra est, inquit...

Jure quidem. Nam ego solitudinem semper amavi. In arenae tumulo considitur. Nihil conspicitur. Nihil auditur. Tamen aliquid silentio quasi elucet...

REG. — Idcirco solitudo pulchra est quod alicubi puteus latet...

Miratus sum me subito intellegere quid occultum ex arena eluceret. Cum enim puer essem, in domo vetere habitabam ubi thesaurum defossum esse fama erat. Nemo scilicet ita callidus fuit ut eum reperiret nec fortasse investigavit. Tamen divinum nescio quid tota domus redolebat. In intima domus parte ac tanquam in animo arcanum quiddam latebat. Regulo igitur:

A. — Recte dicis, inquam; sive enim domus, sive stellae, sive solitudo agitur, id quamobrem pulchrae sint non cernitur.

REG. — Gaudeo te cum vulpe mea consentire.

Cum autem regulus obdormisceret, eum sinu recepi et rursus pergere coepi. Commotus eram. Nam pretiosum quiddam ac fragile portare videbar, quin etiam quo nihil orbi terrarum fragilius esset. Lucente luna et pallentem illam frontem et coniventes illos oculos et crispum illum capillum vento agitatum intuens mecum haec cogitabam: «Quod nunc video, id nihil nisi putamen quoddam est. Quod plurimi est non cernitur...»

Cum autem semiapertis labris lenissime subridere incepisset, haec etiam mecum cogitavi: «Idcirco me regulus hic dormiens tam vehementer movet, quod florem constantissime amat et rosae quaedam species, etiam cum dormit, ex eo tanquam flammula e lucerna videtur elucere.» Sic cogitans eum etiam fragiliorem esse suspicatus

sum. Lucernae enim summa cura defendendae sunt: quas
repentinus ventus exstinguere potest.

Sic igitur ingressus puteum prima luce inveni.

XXV

REG. — HOMINES QUIDEM celeria gregatim con-
scendunt, sed quid quaerant jam nesciunt. Tum trepidant
et in orbem concursant.

Quae cum regulus dixisset, denuo:

REG. — Non operae pretium est, inquit.

Puteus vero ad quem perveneramus Garamantum
puteis non similis erat. Apud Garamantes enim pro puteis
sunt fossi ipsa in arena scrobes. Hic contra viculi alicujus
puteo similis erat. Cum autem viculus ibi nullus esset,
somniare videbar.

A. — Nescio quo pacto omnia parata sunt, orbiculus,
situlus, restis…

Risit regulus, restim tetigit, orbiculum movit. At motus
orbiculus ingemiscere visus est, quemadmodum vetus in-
dex ingemiscere videtur postquam venti diu quievere.

REG. — Audisne? Puteum hunc excitamus atque canit…

Tum ego, qui eum nervos contendere nollem:

A. — Haec mihi permitte; tibi nimis gravia sunt.

Situlum paulatim extractum et in puteal impositum
stabilivi. Auribus suavem orbiculi sonum etiamtum per-
cipiebam et in aqua etiamtum fluctuante fluctuantem
solis imaginem videbam.

REG. — Hanc aquam sitio; ministra mihi.

Atque ego quid quaesisset intellexi. Cum situlum ad

Risit, restim tetigit, orbiculum movit.

labra ejus sustulissem, coniventibus oculis bibit. Dulce illud tanquam dies festus erat. Aqua enim illa multum ab humore differebat quo corpus ali solet, quippe quam et iter sub stellis confectum et suavis orbiculi sonus et bracchiorum meorum labor genuisset. Animo aeque jucunda ac munus erat. Sic, cum puer essem, Natalis arboris lumen et nocturni sacri symphonia et dulces subridentium vultus ipsi per se efficiebant ut ex Natali munere quod accipiebam enitere quiddam atque elucere videretur.

REG. — Homines istic quinque milia rosarum in uno hortulo colunt... neque ibi inveniunt quod quaerunt...

A. — Id non inveniunt...

REG. — Tamen quod quaerunt in una rosa vel in paucis aquae guttis inveniri potest...

A. — Iat plane.

Tum ille etiam:

REG. — Integris oculis tamen non vident, inquit. Animo quaerere oportet.

JAM BIBERAM ET spiritum bene ducebam. Arenae vero prima luce melleus color erat. Colore quoque melleo illo laetabar. Quid ergo causae erat cur aegritudine vacare non possem?...

Tum regulus, postquam rursus propter me assedit, summissa voce:

REG. — Oportet te promissum servare, inquit.

A. — Quod promissum?

REG. — Memento... fiscellam ovi meae adnectendam... Nam quidquid flori illi accidit, merito meo accidit!

Cum picturas inchoatas de sinu prompsissem, conspexit eas regulus et ridens:

REG. — Adansoniae istae caulibus similiores sunt, inquit...

A. — Quid?

O me infelicem, qui adansoniis adeo efferrer!

REG. — Vulpis istius... aures... cornibus similiores sunt... ac nimis procerae.

Quae cum regulus dixisset, iterum risit. Tum ego:

A. — Inique mecum agis, puerule, qui tantum boas opertas et boas apertas describere didicerim.

REG. — Hui! Bene habebit; pueri sapiunt.

Fiscellam igitur cerula descripsi. Quam dum ei do, angorem cepi.

A. — Intendis animo aliquid quod ignoro...

Ille autem ad ea non respondit, sed:

REG. — Meministi me in terram delapsum esse, inquit... Scito cras annum jam intercessisse.

Et, interjecto intervallo:

REG. — In locum huic proximum delapsus eram...

Quae cum dixisset, erubuit, ego autem, etsi qua de causa fieret non intellegebam, permiro quodam modo indolui. Tamen hoc occurrit quod interrogarem:

A. — Atqui non forte, quo mane te cognovi—sunt autem octo dies—sic solus ambulabas in regione mille milia passuum ab omni culta terra remota! Redibas videlicet quo delapsus eras?

Cum regulus iterum erubuisset, ego etiam dubitanter:

A. — Fortasse propter istum quasi natalem?

Erubuit denuo regulus. Ad ea quae quaerebam nunquam respondebat; tamen qui erubescit, nonne ita esse fatetur?

A. — Mehercule metuo...

REG. — Nunc tibi laborandum est et ad machinam tuam rursus proficiscendum. Hic te expecto. Cras vesperi redito…

Quae quanquam responderat, tamen metu me non levaverat. Vulpis enim memineram: ei paulisper flendum esse qui se mansuesci passus sit.

XXVI

PROPE PUTEUM PARIETINAE de vetere muro lapideo supererant. Cum postridie vesperi ex opere redissem, conspexi procul regulum meum in summis parietinis cruribus demissis sedentem et sic loquentem audivi:

REG. — Non igitur meministi? Hic non ipse locus est.

Verisimile est aliquem ei respondisse; occurrit enim:

REG. — Hic, hic ipse dies est, sed non hic locus…

Etsi ad murum pergebam, tamen nec videbam quemquam neque audiebam. Ille nihilo minus rursus:

REG. — …Profecto. Videbis ubi vestigia a me in arena impressa incipiant. Illic me tantum expectato. Hac nocte adero.

Etsi viginti passus a muro aberam, nondum quidquam videbam.

Regulus, intervallo interjecto:

REG. — Probum virus habes? inquit. Tibi exploratum est me non diu doliturum?

Animo anxio constiteram necdum intellegebam.

REG. — Nunc abi… Hinc desilire volo.

Cum igitur ipse ad imas parietinas oculos demisissem, exsilui… Illic aderat, ad regulum erecta, una ex luteis istis serpentibus quae te momento temporis interficiant. Simul et sinum scrutari ut fundam ictus iterantem de eo

Nunc abi, inquit… Hinc desilire volo.

promerem et currere incepi; at audito sonitu serpens leniter in arenam defluxit, quemadmodum aqua e fistula erumpens interclusa languescit, et non nimis festinanter se inter lapides cum levi stridore ferramenti insinuavit.

Ad murum vix mature perveni ut sinu regulum pallore summo ac quasi niveo praeditum exciperem.

A. — Quae fabula ista est? Jam cum serpentibus loqueris?

Focale aureum quo perpetuo utebatur solveram et aqua ei tempora perfuderam et bibere ministraveram. Jam nihil ab eo amplius quaerere audebam. Ille autem me graviter intuitus est et bracchia collo meo circumdedit. Ita cor ejus palpitare sentiebam quemadmodum cor avis, cum confixa plumbo moritur.

REG. — Gaudeo te quod machinae tuae deesset repperisse. Mox domum tuam revolare poteris...

A. — Quomodo id comperisti?

Nam idcirco veneram ut ei nuntiarem inceptum laborem omnino praeter spem processisse!

Ille ad haec nihil respondit, sed, ut inceperat:

REG. — Ego quoque hodie domum meam revolo, inquit...

Tum rursus ille:

REG. — Multo longius abest... Multo difficilius pervenitur...

Cum ea tristis dixisset, probe sentiebam insolitum quiddam fieri sed, quanquam eum quasi infantem artissime complexus eram, tamen mihi ita in profundum ad perpendiculum deprimi videbatur ut eum nequaquam retinere possem.

Gravitatem vultu significabat et remotissima nescio quae intuebatur.

REG. — Ovem tuam habeo et arcam ovi aptam et fiscellam…

Quae cum dixissem, cum tristitia quadam subrisit.

Diu expectavi. Corpus ejus paulatim recalescere sentiebam. Tandem:

A. — Puerule, timuisti, inquam…

Timuerat quidem, sed leniter risit et:

REG. — Hoc vespere multo magis timebo, inquit.

Cohorrui iterum, actum esse praesentiens, intellexique me id nequaquam ferre posse quod jam risum illum non auditurus essem: quem mihi fontis in solitudine instar esse.

A. — Puerule, te etiam ridentem audire volo…

REG. — Hac nocte annus erit. Stella mea ipsi loco impendebit quo superiore anno delapsus sum…

A. — Puerule, nonne ea in febri somniavi quae de serpente et de constituto et de stella…

Ille autem ad haec nihil respondit, sed:

REG. — Quae magni momenti sunt, ea non cernuntur, inquit…

A. — Ita plane est…

REG. — Eadem ratione flos ille tanti fit. Si florem in stella crescentem amas, caelum nocte intueri suave est. Nam omnes stellae florent.

A. — Ita plane est…

REG. — Eadem ratione aqua ista tanti fit. Quam mihi bibere ministravisti, ea propter orbiculum illum et restim symphoniae similis erat… Si meministi… jucundus ei sapor erat.

A. — Ita plane est...

REG. — Nocte stellas intueberis. Domi meae omnia minora sunt quam ut tibi ostendam ubi stella mea sit. Rem ita se habere praestat. Stellam enim meam quamvis unam e stellis esse duces. Omnes igitur stellas intueri te juvabit... Omnes tibi amicae erunt. Jam vero tibi munus dabo...

Cum denuo risisset:

A. — O puerule, puerule, inquam, me risum istum audire juvat.

REG. — Hoc ipsum munus meum erit... eodem pacto quo aqua ista fuit.

A. — Quid tibi vis?

REG. — Homines stellas habent non similes. Aliis, qui peregrinantur, duces videntur esse. Aliis tantum igniculi. Aliis qui docti sunt quaestiones. Negotiatori illi meo auri aliquantum eae erant. Hae autem omnes silent. Tu contra stellas habebis quales nemo habet...

A. — Quid tibi vis?

REG. — Cum caelum nocte intueberis, quoniam in aliqua habitabo, quoniam in aliqua ridebo, propterea tibi omnes stellae ridere videbuntur. Tu stellas habebis risu praeditas!

Quae cum dixisset, denuo risit.

REG. — Postquam autem dolorem consolando levaveris (omnis enim dolor aliquando levatur), te consuetudinem mecum junxisse gaudebis. Me amico semper uteris et mecum ridere cupies et fenestram sic animi causa interdum aperies... Porro amici tui magna admiratione afficientur cum te caelum intuentem et simul ridentem videbunt. Tum eis dices: «Ita se res habet: stellae mihi risum semper commovent!» Illi quidem te insanire putabunt, ego autem tibi pessimum ludum suggessero...

Risit denuo et:

REG. — Tibi non stellas, sed multitudinem minutorum tintinnabulorum risu praeditorum videbor dedisse.

Ac cum denuo risisset, ad gravitatem rursus traductus est:

REG. — Hac nocte... quaeso... ne veneris.

A. — At ego a te non discedam.

REG. — At speciem dolentis praebebo, speciem etiam nonnullam morientis. Ita se rem habere necesse est. Noli ad haec videnda venire; non operae pretium est...

A. — At ego a te non discedam.

Ille autem sollicitus erat.

REG. — Haec equidem tibi propter serpentem illam dico. Nolo te ab ea morderi. Serpentes improbae bestiae sunt. Animi causa interdum mordent...

A. — At ego a te non discedam.

Sed aliquid eum sollicitudine levavit:

REG. — At enim virus non jam habent si quando iterum mordent...

NOCTE ILLA EUM iter ingredientem non vidi. Sine strepitu evaserat. Cum autem eum certo ac celeri gradu incedentem tandem consecutus essem, haec tantum dixit:

REG. — Quid? Ades?

Deinde me manu prehendit. Sed denuo sollicitatus:

REG. — Peccavisti, inquit. Dolebis enim. Mortui speciem praebebo atqui non mortuus ero...

Ego tacebam.

REG. — Nempe nimis longum iter est. Corpus istud asportare non possum. Nimis grave est.

Ego tacebam.

REG. — Caduco autem putamini neglecto simile erit. Caduca putamina nemini luctum afferunt...

Ego tacebam.

Ille vero, postquam animum paulum demisit, rursus aliquantum conisus:

REG. — Comiter enimvero fiet, inquit. Ego quoque stellas intuebor. Omnes autem stellae putei erunt orbiculis instructi ferrugine obductis et mihi bibere ministrabunt...

Ego tacebam.

REG. — Mirum quantum festivum erit! Ut tu tintinnabulorum quinquies milies centena milia habebis, sic ego fontium quinquies milies centena milia habebo...

Atque ipse ob lacrimas effusas conticuit...

REG. — HIC LOCUS EST. Sine unum gradum solus faciam.

Atque ob conceptum timorem consedit.

Tum denuo:

REG. — Flori enimvero quidquid accidit, merito meo accidit. Ille autem adeo infirmus est! Et adeo imprudens est! Sunt ei quattuor minutissimae spinae quibus se contra universa defendat...

Ego consedi quod jam stare non poteram. Tum ille:

REG. — Sic... habes omnia... inquit.

Postquam paulisper etiam dubitavit, assurrexit et unum gradum fecit. Ego autem me movere non poteram.

Nihil aliud nisi luteum nescio quid ad talum ejus fulsit. Ille nullo motu, nullo clamore facto, punctum temporis stetit, deinde leni lapsu cecidit, ut succisae arbores solent. Ne strepitus quidem ullus, propter arenam videlicet, auditus est.

XXVII

NEMPE HOC TEMPORE jam sex anni sunt... Haec nondum cuiquam narravi. Sodales qui me redeuntem viderunt valde laetati sunt se me vivum videre. Tristis equidem eram, sed fatigationem excusabam...

Nunc dolorem paulum levavi, non omnem scilicet, sed certo scio eum in stellam suam revolavisse. Nam luce prima corpus ejus non inveni. Quanquam corpus illud non adeo grave erat... Ac nocte me stellas audire juvat. Quinquies milies centena milia tintinnabulorum dicas...

Ecce autem nescio quid mirabile fit. Quam fiscellam regulo descripseram, eam loro ex aluta adornare praetermisi! Nec ille ovi eam nulla ratione adnectere potuit. Quare haec mecum quaero: «Quid in stella ejus factum est? Haud scio an ovis florem comederit...»

Modo haec mecum reputo: «Profecto eum non comedit. Regulus enim et flori, quoties advesperascit, tegumentum illud vitreum circumdat et ovem diligenter observat.» Ac laetitia adficior et omnes stellae leniter rident.

Leni lapsu cecidit, ut succisae arbores solent.

Modo illa mecum: «Necesse est aliquando neglegen-tem esse. Semel satis est, sive vespere aliquo tegumenti vitrei oblitus est, sive ovis nocte silentio egressa est...» Ac tintinnabula in lacrimas convertuntur!...

HAEC VALDE OBSCURA quaestio est. Tu enim, qui regulum quoque amas, sicut ego existimas nihil in uni-versis eodem statu manere sive loco nescio quo, ubicumque sit, ovis quam non noverimus rosam comederit sive non comederit...

Intuere caelum ac tecum quaere utrum ovis florem comederit necne. Tum videbis ut omnia convertantur...

Quanquam nemo adulta aetate unquam intelleget illa tanti momenti esse!

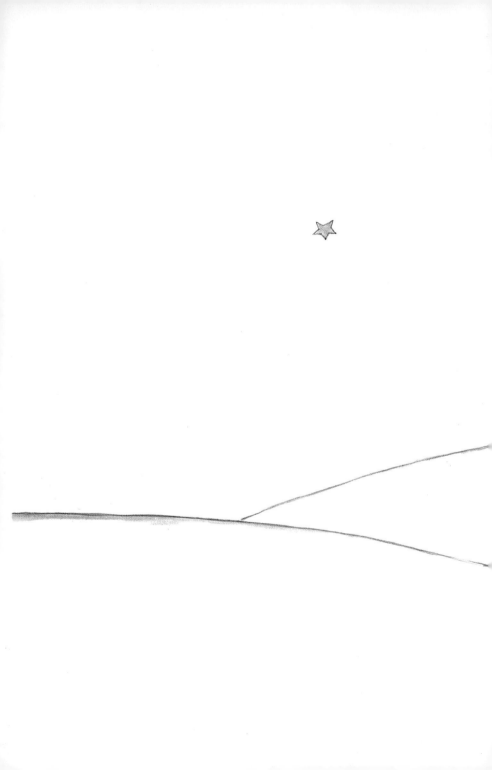

Haec quae picta vides mihi omnium et pulcherrima et luctuosissima sunt. Eadem loca atque in superiore pagina proposita sunt. Quae idcirco iterum pinxi, ut tibi plane demonstrarem. His enim in locis regulus in terris apparuit ac postea e conspectu evolavit.

Loca haec diligenter contuere, ut ea sine dubitatione agnoscas, si quando in Africam per solitudinem peregrinaberis. Et, si forte hac iter facies, te oro atque obtestor ne festines, sed stella sub ipsa paulisper commorere. Hic si puer ad te veniet, si ridebit, si aureo capillo erit, si ad ea quae quaesieris non respondebit, facile suspicaberis quis sit. Tum te comem praebeto ac, ne tanto in luctu diutius vivam, scribito cito ad me illum redisse.